Lucie Chat à la fête

Lucy Cat at the party

Catherine Bruzzone • Illustré par Clare Beaton
Traduction française de Marie-Thérèse Bougard

Catherine Bruzzone • Illustrated by Clare Beaton
French translation by Marie-Thérèse Bougard

1 Le salon de Lucie Chat.

C'est lundi.

2 C'est pour Tom.

C'est l'anniversaire de Tom aujourd'hui.

3

Il fait beau.

1 Lucy Cat's sitting room.

It's Monday.

2 It's for Tom.

It's Tom's birthday today.

3

It's fine.

Voici la maman de Lucie.

Lucie a un cadeau pour Tom.

Il est tard.

This is Lucy's Mum.

Lucy has a present for Tom.

It's late.

Lucie écrit.

Lucie a une carte pour Tom.

Lucy is writing.

Lucy has a card for Tom.

Lucie met sa jupe.

Lucie prend ses chaussures.

Lucy puts on her skirt.

Lucy takes her shoes.

Voici la maison de Tom.

Voici les amis de Tom.

This is Tom's house.

Here are Tom's friends.

Ils entrent.

They go in.

Julie a un cadeau pour Tom.

C'est un livre.

Julie has a present for Tom.

It's a book.

21

Bon anniversaire, Tom!

22

23

Merci, Jean.

Jean a un cadeau pour Tom.

C'est une voiture.

21

Happy birthday, Tom!

22

23

Thanks, John.

John has a present for Tom.

It's a car.

Lucie a un cadeau pour Tom.

C'est un ballon.

Lucy has a present for Tom.

It's a ball.

Dans le jardin.

Jouons au foot.

Ils jouent avec le ballon.

L'heure du goûter!

Voici le papa de Tom.

In the garden.

Let's play football.

They play with the ball.

Tea time!

This is Tom's Dad.

29 Tu veux...

30 ...du jus d'orange?

31 Oui, merci.

Lucie prend du jus d'orange.

29 Do you want...

30 ...some orange juice?

31 Yes, thanks.

Lucy takes some orange juice.

Lucie prend un sandwich.

Lucy takes a sandwich.

35 Tu veux...

36 ...de la glace?

37 Oui, merci.

Lucie mange la glace.

35 Do you want...

36 ...some ice-cream?

37 Yes, thanks.

Lucy eats the ice-cream.

Voici la maman de Tom.

Voici le gâteau d'anniversaire de Tom.

This is Tom's mum.

This is Tom's birthday cake.

La souris court très vite.

The mouse runs very fast.

La souris est sous la table.

The mouse is under the table.

Les amis cherchent la souris.

The friends look for the mouse.

Lucie attrape la souris.

Lucy catches the mouse.

La souris est triste.

The mouse is sad.

57 Le gâteau!

58 Prends un morceau de gâteau.

59 Merci, Tom.

Lucie mange le gâteau.

57 The cake!

58 Have a piece of cake.

59 Thank you, Tom.

Lucy eats the cake.

Mots-clefs · Key words

le salon *ler sal-oh* — sitting room	**l'anniversaire** *lanee-vair-sair* — birthday	**il fait beau** *eel feh bo* — It's fine
maman *ma-moh* — Mum	**le cadeau** *ler kad-o* — present	**la carte** *lah kart* — card
la jupe *lah shoop* — skirt	**les chaussures** *leh showss-yoor* — shoes	**la maison** *lah meh-zoh* — house
les amis *lezah-mee* — friends	**tout le monde** *too ler mond* — everyone	**bon anniversaire** *bon anee-vair-sair* — happy birthday
le livre *ler leevr* — book	**le ballon** *ler bah-loh* — ball	**Papa** *pap-ah* — Dad
tu veux? *too ver* — do you want?	**le jus d'orange** *ler joo doronsh* — orange juice	**oui** *wee* — yes
le sandwich *ler sond-weech* — sandwich	**la glace** *lah glass* — ice-cream	**le gâteau** *ler gah-to* — cake
les bougies *leh boo-shee* — candles	**au secours** *oh s'koor* — help	**qu'est-ce que c'est?** *kesker seh* — what is it?
la souris *lah soo-ree* — mouse	**où est?** *oo eh* — where is?	**sous** *soo* — under
là *lah* — there	**la table** *lah tabl'* — table	**merci** *mair-see* — thanks, thank you